モジモジばあは、本のおいしゃさん

仁科幸子・作

アンティとアントンは、図書館《としょかん》の庭《にわ》にあるメープルカエデの木《き》の下《した》にすんでいる、はたらきアリです。

ここは山《やま》のなかのちいさな町《まち》の図書館《としょかん》。

ふたりは、なかまと食《た》べものをさがしにでかけたある日《ひ》、うっかりなかまの列《れつ》からはずれ、図書館《としょかん》のなかに迷《まよ》いこんでしまいました。

図書館玄関《としょかんげんかん》の自動《じどう》ドアの前《まえ》でウロウロするうちに、ドアがひらいて、なかにはいってしまったのです。

目《め》の前《まえ》にそびえる本棚《ほんだな》と、人間《にんげん》たちのすがたに、ふたりとも頭《あたま》がクラクラしてきました。

兵隊《へいたい》アリの隊長《たいちょう》から、図書館《としょかん》のなかにだけは、はいってはいけないと、いつもいわれていたことを思《おも》いだしました。

「図書館《としょかん》に迷《まよ》いこんだら、おしつぶされておしまい！」

これが、隊長《たいちょう》の口《くち》ぐせでした。

「どうしよう、アントン！　人間《にんげん》にふみつぶされちゃう」

ふたりの顔《かお》はまっ青《さお》です。

「とにかく、かくれよう。あのテーブルの下《した》まで走《はし》ろう。せーの！」

ふたりは、ひっしに走《はし》りだしました。

「きゃー！」

すぐに、おおきな人間《にんげん》のくつが、ふたりの上《うえ》にせまってきました。ふたりは、くつをかわすと、走《はし》りに走《はし》って受付《うけつけ》のテーブルの足元《あしもと》までたどりつきました。

「はぁ…こわかった……」

けれどもそのとき、どっどーん！っと、頭《あたま》の上《うえ》で雷《かみなり》のような音《おと》がひびいてテーブルがゆれました。本《ほん》を返《かえ》しにきた子《こ》どもが、本《ほん》をテーブルに広《ひろ》げたのです。

アンティは、耳《みみ》をふさいでちぢこまりました。

「はい、ありがとう。あら？　どうしましょう。このページ、やぶれてるわ！」

スタッフのおねえさんの声《こえ》がします。

Book

「まあ、いやだ！　まったくこの子《こ》は!!　すみません、つぎからは注意《ちゅうい》させますから……。はやくあやまんなさい」

母親《ははおや》らしい声《こえ》と子《こ》どもの声《こえ》もきこえます。

「えー？　……ごめんなさい」

「はい、つぎからはもっとやさしく本《ほん》を読《よ》んでくださいね」

親子《おやこ》の帰《かえ》るすがたがみえて、それからまたしずかになりました。図書館《としょかん》のなかをみわたすと、たくさんの人《ひと》が、本棚《ほんだな》をみたり、本《ほん》を読《よ》んだりしています。

あ、子《こ》どもが何冊《なんさつ》も両腕《りょううで》にかかえた本《ほん》をどさっと落《お》としてしまいました。

するとそのとき、ふたりの頭《あたま》の上《うえ》で声《こえ》がしました。

「あんたたち、そんなとこにいたらふんずけられちゃうよ。はやく上《うえ》にのぼっておいで」

よんでいたのは、上《うえ》のカウンターテーブルからみおろしている、おばあさんアリでした。いわれるままに、ふたりはテーブルの足《あし》をのぼっていきました。

「なんではたらきアリがここにいるのかしらないけど、いまは、じっとしておいで」

おばあさんアリのおおきく丸《まる》いおしりには、水色《みずいろ》のシマシマがはいっています。シワシワだらけの顔《かお》に、触角《しょっかく》はふつうのアリの二倍《にばい》も長《なが》く、おおきな黒《くろ》いとんがりぼうしで、まるで魔女《まじょ》のようにみえます。

「あ、すみません。わたしはアンティ。こっちは、アントンです」

「そうかい、あたしはモジモジアリのモジモジばあさ」

「モジモジアリ？　きいたことないです。あのー、モジモジばあは、ここで、なにしてるんですか？」

「あ！　しずかにおし！　きたきた、よーくみててごらん」

ちいさな女《おんな》の子《こ》が、おおきな赤《あか》い表紙《ひょうし》の本《ほん》をかかえて、カウンターテーブルにやってくるのがみえました。

女《おんな》の子《こ》は、本《ほん》をなげて返《かえ》してきました。

「どう？　この本《ほん》おもしろかった？」

「え？　えーと、えーと？」

「『みどりのゆび』でしょ？　つぎは、すきな本《ほん》にであえるといいわね」

スタッフのおねえさんは、その本《ほん》をカウンターテーブルのはしにおきました。そこには、返却《へんきゃく》された本《ほん》だけがおいてあるのです。

そのときです。さっとモジモジばあが身《み》をひるがえしたかと思《おも》うと、カウンターテーブルにとびのって、女《おんな》の子《こ》の返却《へんきゃく》した本《ほん》の上《うえ》に走《はし》っていったのです。

そして、表紙《ひょうし》の上《うえ》をいったりきたりすると、あっというまにテーブルの下《した》に、もどってきました。

「モジモジばあ、なにしてるの?」

モジモジばあは、フーフー息《いき》をきらしています。

「しつもんは、あとあと! あ! またきたよ」

つぎにやってきたのは、男子大学生《だんしだいがくせい》でした。

学生《がくせい》は下《した》をむいたままなにもいわずに、本《ほん》をテーブルにおきました。

スタッフのおねえさんは、ピッとバーコードをおすと、さっきとおなじように本《ほん》をパラパラめくって、

「はい、いいですよ」と、いいました。

大学生《だいがくせい》は、頭《あたま》もさげないでいってしまいました。スタッフのおねえさんはその本《ほん》を、さっきの本《ほん》の上《うえ》におきました。

「さ、いまだ！」

こんどもモジモジばあは、すばやくカウンターテーブルにとびのると、本《ほん》の上《うえ》におおいそぎ。表紙《ひょうし》の上《うえ》をぐるぐるまわったり、クンクンにおいをかいでもどってきました。

その日《ひ》はおなじように、何度《なんど》も何度《なんど》もモジモジばあは、返《かえ》された本《ほん》にとびのってはもどりました。

気《き》がつくと、あたりはすっかりすみれ色《いろ》で、
夕方《ゆうがた》の図書館《としょかん》をしめるチャイムがなりました。

「さあ、あんたたち。ここからにげだすときがきたよ。

あのスタッフのおねえさんが、外《そと》のようすをみるのに
ドアをあけたときがチャンスさ。ドアがあいたら、
いそいでにげだすんだよ」

モジモジばあがいいました。

けれど、ふたりとも動《うご》こうとしません。

「おや、どうしたのさ。家《いえ》に帰《かえ》らないのかい？」

「あのー、モジモジばあはどうするんですか？」

「え？　あたしはいまからがほんとうの仕事《しごと》さ」

「その仕事《しごと》ってみせてもらえませんか？

このままじゃ、いろいろ気《き》になってしまって……」

ふたりは、真剣《しんけん》な目《め》で、モジモジばあをみつめました。

「まあ、あんたたちが、そうしたいならしかたないさね。でも、おしゃべり、しつもんは、いっさい禁止《きんし》。それができるなら、ここにいていいよ」

「わぁー！　うれしい!!　よろしくおねがいします！」

図書館《としょかん》のあかりも消《き》えて、室内《しつない》にはだれもいなくなりました。

それを待《ま》っていたように、モジモジばあは、つつつつっと走《はし》って本棚《ほんだな》にとびのると、一冊《いっさつ》の本《ほん》の上《うえ》でとまりました。

「あ！　あの本《ほん》、さっきの女《おんな》の子《こ》が返《かえ》した本《ほん》よ」

「うん、ぼくもおぼえてる」

「あーあ、こんなになっちゃって」

モジモジばあは、本《ほん》の上《うえ》をクルクルと動《うご》いています。

「さあ、きょうは、この本《ほん》を生《い》きかえらせるよ」

「生《い》きかえらせる？　どういう意味《いみ》？」
ふたりは、目《め》をあわせました。
「さあ、この背表紙《せびょうし》の文字《もじ》をみてごらん。
ふたりにはどうみえる？」
モジモジばあが、きゅうに
ふたりのほうをむきました。本《ほん》は、
『みどりのゆび』という題名《だいめい》でした。
「あ、あのー、なんだか
かすれて、ひからびてみえます」
アントンが、こたえました。
「へー、ぼうや、あんた
なかなかいいセンスしてるね」
モジモジばあはそういうと、

腰《こし》につるしたちいさなツボのフタをあけて、背中《せなか》にせおったニワトコの枝《えだ》をツボにさしこむと、くるくるくるっと左《ひだり》まわしにかきまぜながら、歌《うた》をうたいはじめました。

「モージートントントン♪カタトントントン♪
ユッタリフイフイ、カタトントン♪
スウスウネムネム、モジトントン♪」

そして、歌《うた》をうたいながら、タイトル文字全体《もじぜんたい》に、ツボのなかの緑色《みどりいろ》の水《みず》をぬっていきます。すると不思議《ふしぎ》なことに、表紙《ひょうし》のタイトル文字《もじ》がプクプクぶくぶく、あわだちながら、はがれていったのです。

モジモジばあは、本《ほん》の背《せ》からはがれた文字《もじ》を枝《えだ》にくるくるとまきとって、クモの糸《いと》で編《あ》んだ袋《ふくろ》にいれました。

「さ、いっしょにおいで。いそがないとあっというまに朝《あさ》になっちまう！　さ、いいそぐよ！」

モジモジばあは、本《ほん》のタイトルをいれると、袋《ふくろ》をぎゅっとしめました。

そしておおきな袋《ふくろ》をかつぐと、まるで風《かぜ》のように、図書館《としょかん》の閉架《へいか》へ通《つう》じる階段《かいだん》の手《て》すりの下《した》まで走《はし》っていきました。

そして、するすると手《て》すりにのぼると、

「さあ、ついておいで！　ひゃっほっほー!!」

と声《こえ》をはずませて、手《て》すりをすべりおりていきました。

「ひゃっほっほー!!」

と、まねをしながら、アントンたちも、すべりおりていきました。

モジモジばあは、閉架《へいか》の床《ゆか》にとびおりると、床《ゆか》のすきまをぬけて、暗《くら》い土《つち》のトンネルをどんどん走《はし》っていきます。

アンティとアントンも、ひっしでおいかけていきました。

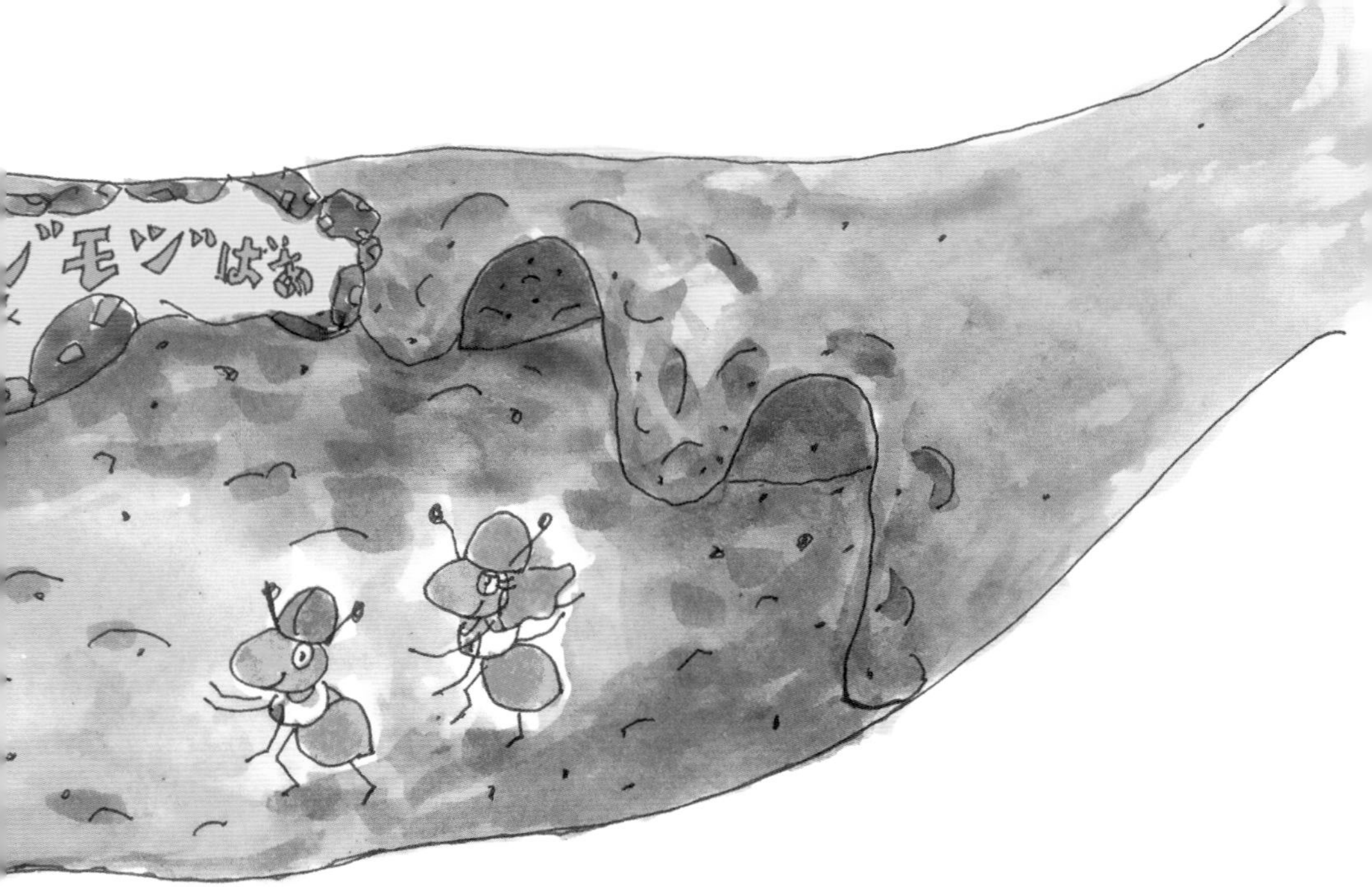

しばらくだっていくと、色《いろ》とりどりの石《いし》でかざられた、モジモジばあの家《いえ》につきました。

「さあ、ついたよ」

モジモジばあの家《いえ》にはいると、広《ひろ》い大広《おおひろ》間《ま》があらわれ、広間《ひろま》のかべには、いくつかのドアがならんでいました。

「さあ、あんたたちもてつだっておくれ」

モジモジばあは、ふたりにかついできた袋《ふくろ》をわたすと、右側《みぎがわ》の部屋《へや》のドアをあけました。部屋《へや》には、おおきな机《つくえ》がひとつおかれていました。その机《つくえ》の上《うえ》に、袋《ふくろ》からさっきのタイトル文字《もじ》をとりだして、まいたと

きとは逆《ぎゃく》にくるくるるーっと、ひらいていきました。

「ほら、みてごらんよ。こんなに文字《もじ》がつかれきってるよ」

「文字《もじ》がつかれきってる？」

アンティとアントンは、広《ひろ》げられたタイトル文字《もじ》をしげしげとみつめました。

「まったくこのごろの文字《もじ》ときたら、てきとうに読《よ》まれてしまって、すっかり気力《きりょく》をなくしてるんだ。つかれた文字《もじ》が多《おお》いから本《ほん》に力《ちから》がなくなってるんだよ。背《せ》にあるタイトルには、本全体《ほんぜんたい》の健康状態《けんこうじょうたい》があらわれるからね」

「どういうことですか？」

アンティは、首《くび》をかしげました。

「本《ほん》だって、生《い》きてるってことだよ。いっしょうけんめいに読《よ》まれた本《ほん》はうれしいし、ひどいあつかいをうけた本《ほん》は、悲《かな》しくて、力《ちから》をなくしちゃうのさ。でも、いちばん悲《かな》しいのは、読《よ》みもしないでパラパラめくられるだけ……そんなときは、本《ほん》も無視《むし》されたような気分《きぶん》でがっかりだよ」

「ああ、そんな本《ほん》の気持《きも》ち、わかる気《き》がする！」っとアントン。

モジモジばあは、棚《たな》のちいさな小《こ》びんをつかむといいました。

「さあ、本《ほん》を元気《げんき》にするよ！　文字《もじ》の上《うえ》にこのペパーミントの粉《こな》を、やさしくやさしくかけてあげとくれ。あたしは、ちょっとごはんのしたくをしてくるからね」

ふたりは、広《ひろ》げられたタイトル文字《もじ》たちに、ペパーミントの粉《こな》を、パラパラやさしくかけてあげました。

すると、みるまに文字《もじ》の色《いろ》があざやかになってきた気《き》がしました。

「すごい!! 文字《もじ》の色《いろ》が濃《こ》くなってきたわ?」

「うん、なんか文字《もじ》のシワも、のびてきたようにみえる」

ふたりは、顔《かお》をみあわせて、わらいました。

「さあ、おなかがすいただろう! おいで」

モジモジばあによばれて、ふたりが大広間《おおひろま》にもどると、なんてことでしょう!

テーブルいっぱいに、あまーい蜜《みつ》のケーキ、青虫《あおむし》の肉《にく》ダンゴ、スイカの

ビスケットなどなど、ふたりの大好物《だいこうぶつ》ばかりがならんでいました。

「わぁー、すごい！　モジモジばあって、お料理《りょうり》がじょうずなんですね！」っと、アンティ。

アントンは、もう声《こえ》にもなりません。もぐもぐもぐもぐ、むちゅうで食《た》べつづけています。

「ははは！　さあ、このバッタの足《あし》のフライもお食《た》べよ」

アントンは、うなずくとバリバリバリと、バッタの足《あし》のフライもあっというまに食《た》べおわりました。さいごのデザートは、

サクラソウの花粉《かふん》ムースでした。

「わー、こんなかわいくておいしいお菓子《かし》はじめて！」

アンティの触角《しょっかく》は、ずっと右《みぎ》に左《ひだり》にゆれっぱなしです。

「きょういちにち、ふたりともつかれたろう」

モジモジばあは、サクラソウからとった花粉《かふん》のジュースを、コップにそそぎながらいいました。

「ねえ、モジモジばあ、おばあさんのこと、おしえてもらえませんか？」

アントンがいいました。

「わたしもききたい！　きょうの

おばあさんの仕事《しごと》！」

「そうさねぇ、モジモジアリのことをおまえさんたちがしらなくて、とうぜんさ。モジモジアリは、アリの世界《せかい》じゃあ、はみだしもんだしもんだしね！」

「モジモジアリ？　そんなアリいるんですか？　きいたことないよね、アンティ」

「そうだろうよ。もうモジモジアリで生《い》きのこっているのは、あたしひとり。あたしがモジモジアリ最後《さいご》の一《いっ》ぴきさ」

アントンとアンティは、顔《かお》をみあわせました。

「アントンとアンティの仕事《しごと》はなんだい？」

「あたしたちは、はたらきアリで、食《た》べものあつめ。女王《じょおう》と家族《かぞく》のための食《た》べものをみつけて、巣《す》にはこぶのが仕事《しごと》」

「うん、兵隊《へいたい》アリは、敵《てき》から巣《す》をまもるために戦《たたか》う」

と、こんどはアントン。

「ああ、赤《あか》ちゃんを育《そだ》てている、おこもりアリもいるよ」

「そうだ、それがふつうのアリの仕事《しごと》だね。でも、モジモジアリの仕事《しごと》は、まるっきりちがう」

モジモジばあが、ひたいにシワをよせていいました。

「あたしたち、モジモジアリは、心《こころ》から本《ほん》がすきなんだよ。ずっとむかしのご先祖《せんぞ》さまが、ほんとうに本《ほん》ずきでね、図書館《としょかん》にすみついてしまったんだよ。あたしたち、モジモジアリは、図書館専属《としょかんせんぞく》のアリでね。図書館《としょかん》の下《した》にすんで、つかれきった本《ほん》をみつけて元気《げんき》にさせるのが仕事《しごと》なのさ」

モジモジばあは、ミントの粉《こな》をふりかけたタイトル文字《もじ》を、枝《えだ》ですくいあげてカゴにいれ、アントンに持《も》たすと、ピンク色《いろ》の部屋《へや》のドアをあけました。

その部屋《へや》いっぱいには、色《いろ》とりどりのバケツがおいてありました。どのバケツにも、エメラルド色《いろ》の水《みず》がはいり、部屋《へや》のなかには物干《ものほ》しがずらりとならんでいます。

「ここ、洗濯物部屋《せんたくものべや》ですか？」

アンティが、物干《ものほ》しをみながらいいました。

「まあね。この緑色《みどりいろ》の水《みず》のバケツは、文字《もじ》たちのお風呂《ふろ》さ。さっきの文字《もじ》たちを、この水《みず》のお風呂《ふろ》にいれて、すっかりきれいにさっぱりさせて、つかれをとって本《ほん》にもどしてやるんだよ」

「あのー、この緑色《みどりいろ》の水《みず》って、なんなんですか?」

「ははは、それはむかしからモジモジアリだけにつたわる秘密《ひみつ》の薬《くすり》。教《おし》えるわけにはいかないよ」

「あ、すみません……」

モジモジばあは、タイトル文字《もじ》を枝《えだ》からゆっくりとほどきながら緑色《みどりいろ》の水《みず》のお風《ふ》呂《ろ》にいれて、じゃっぷじゃっぷとゆすいであげました。

「さてさてまあ、みてごらん！　気持《きも》ちよさそうだねえ！　すっかりきれいになったから、こんどははやいとこ、かわかしてやらないとね」

モジモジばあは、バケツから文字《もじ》をとりだすと、土《つち》の階段《かいだん》をのぼって、物干《ものほ》しざおにつるしました。

本《ほん》のタイトル文字《もじ》が、気持《きも》ちよさそうにゆれています。

「ここに干《ほ》された文字《もじ》は、幸《しあわ》せですね」

思《おも》わず、アントンがいいました。

すると、モジモジばあが顔《かお》にシワをよせました。

「あたしも年《とし》をとってねぇ。つかれきった本《ほん》はふえるばっかりなのに、いまじゃ、一日《いちにち》に一冊《いっさつ》くらいが、せいいっぱいでねぇ。モジモジアリがまだいっぱいいたころは、ここにはいつもいっぱいのタイトルがゆれていたもんだよ。むかしから、本《ほん》を手《て》あらくあつかう子《こ》どもはいたからねぇ」

モジモジばあは、なつかしそうに遠《とお》くをみつめていいました。

赤おに
夜の
モリの話

コールテン
お光
山の花

そして、部屋《へや》のすみに天井《てんじょう》から
つるされた草《くさ》のカゴのほうに
歩《ある》いていくと、そのふたをあけました。
すると、ぶぶぶ――――ん！っと、
なにかがアントンとアンティの顔《かお》の
前《まえ》をバサバサ横《よこ》ぎりました。
「きゃー！」
アンティが、顔《かお》をふせました。
「この子《こ》たちは、カラカラ羽《はね》アリといって、

文字《もじ》をかわかすために、風《かぜ》をおくってくれる、モジモジアリのなかまさ」

カラカラ羽《はね》アリは、干《ほ》された文字《もじ》のまわりを、ぶぶぶーん、ぶぶぶーん！と飛《と》んで、新《あたら》しく干《ほ》したばかりの『みどりのゆび』の文字《もじ》もあっというまにかわかしてしまいました。

「さ、もういいよ！　ありがとよ！」

モジモジばあが、両手《りょうて》をあげてくるくるまわすと、カラカラ羽《はね》アリたちは、いっせいにカゴのなかにもどっていきました。

「おう、きょうはずいぶんはやくかわいたねぇ。さあ、いちばんだいじな仕事《しごと》がのこってる！　いそいでタイトルを本《ほん》の背表紙《せびょうし》にもどしにいくよ！　この仕事《しごと》のたいへんなとこは、ひとばんのうちに仕事《しごと》をおわらせなきゃいけないってことさ。タイトルの消《き》えた本《ほん》が見《み》つかりでもしたら、図書館《としょかん》じゅうがおおさわぎになっちまうからねぇ」

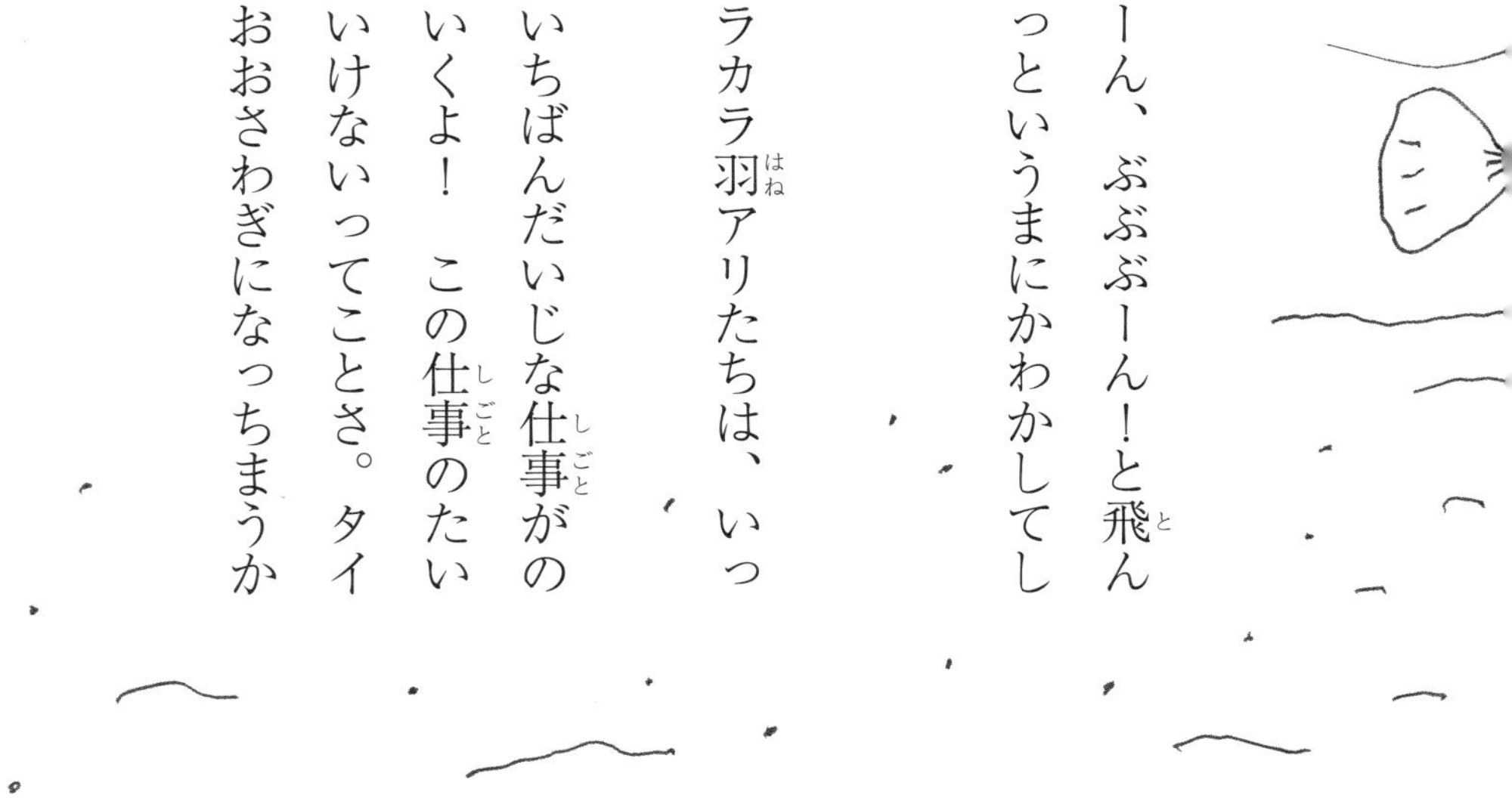

モジモジばあは、タイトル文字《もじ》を、スルスルーっとひっぱって丸《まる》めると、袋《ふくろ》のなかにつめて図書館《としょかん》に走《はし》りだしました。

「モジモジアリって、すごく足《あし》がはやいのね！」

ふたりは、きたときとおなじように、ふうふういいながらついていきました。

時刻《じこく》は、夜中《よなか》の二時《にじ》をまわっています。図書館《としょかん》の窓《まど》から、おおきな青白《あおじろ》い月《つき》の明《あ》かりが、本棚《ほんだな》をてらして、本棚《ほんだな》のおおきな影《かげ》が黒《くろ》くのびています。

モジモジばあは、どこに本《ほん》があったのかすっかり頭《あたま》にはいっているようで、『みどりのゆび』の文字《もじ》を袋《ふくろ》からとりだそうとしました。

そのときです!!

とつぜん、頭《あたま》の上《うえ》から、雷《かみなり》のような声《こえ》がひびきました。

そして、ザザーッと、砂《すな》ボコリがふってきました。

モジモジばあは、あわてて『みどりのゆび』の文字《もじ》を袋《ふくろ》にもどすと、アントンとアンティに、後《うし》ろにかくれるように手《て》まねきしました。

むかい側《がわ》の本棚《ほんだな》に、巨大《きょだい》でまっ黒色《くろいろ》で毛《け》むくじゃらの、みたことのないような大《おお》アリが立《た》っていました。兵隊《へいたい》アリの隊長《たいちょう》よりもおおきいでしょう。

アンティは思《おも》わず、モジモジばあにしがみつきました。

「いったい、おまえはだれだい？　あたしの仕事《しごと》をジャマしないでおくれよ」

「こっちこそ、びっくりズラ！　もうとっくにモジモジアリはこの世《よ》からいなくなったと思《おも》ってたズラ。いくらモジモジアリが本《ほん》を元気《げんき》にしても、むかしみたいに、だいじに本《ほん》を読《よ》む子《こ》どもなんていないズラ。だいじにされない本《ほん》なんて、やぶっちまって、読《よ》めなくしたほうがいいんだよ」

毛《け》むくじゃらの大《おお》アリがいいました。

アンティとアントンは目《め》をパチパチしました。

「あーあ、思《おも》いだした。いつのころからか、本《ほん》のページがひっかかれたり、やぶられたり、紙食《かみく》い虫《むし》じゃないし、といって人間《にんげん》のしわざでもない……。いったい、こんなことだれがしてるのか、気《き》になっていたとこだよ。犯人《はんにん》は、おまえさんだったんだね」

モジモジばあが、あきれたようにいいました。

「おまえさんも、毛《け》むくじゃらだけど、いっぱしのモジモジアリじゃないか！　モジモジアリなら、一冊《いっさつ》でも本《ほん》の命《いのち》がのびるように世話《せわ》するのが役目《やくめ》ってもんだろ」

「ムダムダ、まったくババアこそわかってねえズラ。このごろの子《こ》どもをみてみろズラ。いったいどこに本《ほん》をだいじに読《よ》んでる子《こ》どもがいるズラか?!　菓子《かし》を食《た》べた手《て》でページをめくるし、紙《かみ》をやぶっても平気《へいき》な顔《かお》ズラ！　あんな子《こ》どもに読《よ》まれる本《ほん》が気《き》の毒《どく》ってもん。オレにやぶられるほうがマシズラよ。

さあ、その袋《ふくろ》にはいったタイトル文字《もじ》をよこせズラ。モジモジアリの仕事《しごと》なんて、いまじゃ、時代《じだい》おくれってもんズラ！」

モジモジばあは、袋《ふくろ》をぎゅっと、にぎりしめました。

「おまえさんみたいな毛《け》むくじゃらに、この文字《もじ》をわたすことはできないねぇ。この図書館《としょかん》にいらないのは、おまえさんのほうだよ！　どんな本《ほん》だってみんな、元気《げんき》になる権利《けんり》があるんだ」

モジモジばあが、さけんだときです。

毛《け》むくじゃらが、腰《こし》につるした袋《ふくろ》から砂《すな》つぶダンゴをとりだして、モジモジばあにバシバシぶつけてきました。

「ひゃー！　目《め》が!!　目《め》がみえないー！」

モジモジばあは、うずくまってしまいました。

「ははは！　これでもう、おまえの負《ま》けズラ」

毛《け》むくじゃらが、モジモジばあのほうにかけてきます。

「おまえたち、わたしのことはいいから、はやくおにげ！」

「でも、おばあさんは目《め》がみえないでしょ!!」

「いいからいいから、ほら、あいつがくるよ!、おにげ!」

アントンとアンティは、あわててにげだしました。

あっというまに、毛《け》むくじゃらはモジモジばあのいる棚《たな》にのぼってくると、モジモジばあに息《いき》をふきつけました。

「さあ、はやくその背文字《せもじ》をわたすズラ!」

「おまえさんみたいなやばんなやつに、だいじな背文字《せもじ》をわたせるもんか! 本《ほん》を読《よ》んでもっとりこうになってからこいってこったよ」

「なんだとー!」

毛《け》むくじゃらは、まっ赤《か》になって、背文字《せもじ》のはいった袋《ふくろ》をひったくりました。

「こんな背文字《せもじ》……」

袋《ふくろ》から文字《もじ》をひっぱりだすと、毛《け》むくじゃらは、文字《もじ》をみつめました。

『みどりのゆび』の文字《もじ》が、ふらりふらりと空中《くうちゅう》でゆれています。

とりのゆ

「みどりのゆび？」

毛《け》むくじゃらの顔《かお》が、そのとき少《すこ》しゆがみました。

「やめとくれー！」

モジモジばあが、さけんだそのときです。

毛《け》むくじゃらをめがけておおきな泥《どろ》ダンゴが、
ボコボコとふってきました。

「いてーズラー!!!」

さすがの毛《け》むくじゃらも、しゃがみこんでしまいました。

みあげると、そこにはアントンとアンティ。

そして、ふたりがつれてきた兵隊《へいたい》アリのなかまが
泥《どろ》ダンゴを手《て》にして、立《た》っていたのです。

二十《にじゅっ》ぴきもいるでしょうか！

毛《け》むくじゃらは、その数《かず》をみると、袋《ふくろ》をもったままにげようとしましたが、アントンたちが道《みち》をふさぎました。

「さあ、その袋《ふくろ》をわたせ。わたさないと、スズメバチに食《く》わせるぞ！」

アントンが、いさましい声《こえ》をあげました。

そのとき、毛《け》むくじゃらは、モジモジばあの腕《うで》をつかみあげました。

「オラをどうにかするまえに、このババアを、この棚《たな》からほうりなげてもいいズラか?!」

「なんだとー！　モジモジばあをはなせー！」

毛《け》むくじゃらと、アントンがにらみあったそのとき、モジモジばあが口《くち》をひらきました。

「まあ、おまえたち、すこし頭《あたま》をひやそうじゃないか！　アントンも、スズメバチに食《く》わせるなんて、ひどいことというもんじゃないよ。あたしたちは、おなじなかまだろう」

V

そういわれてアントンも、下《した》をむいてしまいました。

毛《け》むくじゃらも、しずかにモジモジばあの
腕《うで》をはなしました。

「モジモジばあ、だいじょうぶ？」

アンティが、かけよってだきしめました。毛《け》むくじゃらは、
ぐるりと兵隊《へいたい》アリにかこまれて、もうどこにもにげられません。

「あんたはもう二度《にど》とあたしの仕事《しごと》をじゃましないって約束《やくそく》するかい？」

モジモジばあが、いいました。

毛《け》むくじゃらは、きゅうにへたへたとひざまずきました。

そして、毛《け》むくじゃらは、下《した》をむいてうつむいたままなきだしました。

「おや、どうしたのさ？　毛《け》むくじゃら！」

モジモジばあの声《こえ》に、毛《け》むくじゃらは顔《かお》をあげました。

「オラだって……ほんとうは、こんなことしたくなかったズラ」

「え？　どういうことだい？」

「オラだって、すきな本《ほん》もあるズラ」

「え？、おまえさんも本《ほん》を読《よ》めるのかい？」

「あたりまえズラ。本《ほん》はいいもんズラよ……」

「え？　どういうことだい？　おまえさんは古《ふる》い本《ほん》の文字《もじ》を読《よ》まずにやぶくんだろう？」

毛《け》むくじゃらは、きゅうに顔《かお》をまっ赤《か》にしていいました。

「子《こ》どものころズラ。オラのおっかぁが、本《ほん》がすごくすきだったズラ。オラをひざにのせながら、いつも本《ほん》を読《よ》んでくれたズラ。

だから、図書館《としょかん》はオラにとっちゃあだいじなおっかぁの思《おも》い出《で》とおなじズラ。

おっかぁが死《し》んじまったあと、オラも、本《ほん》を

なおしたかったけど、なんだかうまくいかなくて、そのうち、子《こ》どもがかわってきてよ。本《ほん》をなげかえしたり、ページをよごしても知《し》らん顔《かお》ズラ。オラのだいじな思《おも》い出《で》の本《ほん》も、そりゃあひどい目《め》にあってたズラ！

なんだか悲《かな》しくなってよう、こんなんじゃもう、本《ほん》を読《よ》めなくしたほうがいいと思《おも》ったズラよ！」

毛《け》むくじゃらは、鼻水《はなみず》をくしゅくしゅさせました。

「なんてこった。毛《け》むくじゃらが、いちばん本《ほん》をだいじに思《おも》ってたなんて……」

モジモジばあも、目《め》をみひらいていいました。

「オラのおっかぁは、『みどりのゆび』の本《ほん》がすきでオラがねむるまで読《よ》んでくれたズラ、だから、さっきあの本《ほん》のタイトルがあったから、ビックリしたズラ」

その言葉《ことば》に、またみんなだまってしまいました。

「あのー、ほかにこの図書館《としょかん》にモジモジアリはいるの？」

アンティが、ききました。

「いいや、オラだけのはずズラ」

「モジモジアリは、ひとりがすきだからねぇ。本《ほん》がなによりすきで、アリなかまのはみだしもんさ。アリの生活《せいかつ》がきゅうくつで、なるたけ本《ほん》のために生《い》きようとしたアリたちなんだよ。さっきいったように、一時《いちじ》はたくさんモジモジアリがいた時代《じだい》もあったけど、いつのまにかどこかにいっちまってねぇ」

モジモジばあが、いいました。

「え？　でもこれで、この図書館《としょかん》にいるモジモジアリは、モジモジばあ一《いっ》ぴきじゃなくなった！　ばあと毛《け》むくじゃらで、最後《さいご》の二《に》ひき？」

と、アントン。

モジモジばあと、毛《け》むくじゃらは顔《かお》をみあわせました。

「そうよ！　すごいわ！　ねえ、毛《け》むくじゃらさん。あたしもアントンも、きのうから、モジモジばあの仕事《しごと》をてつだってみてクタクタ、もうおなかがぺこぺこよ。モジモジばあの仕事《しごと》を、てつだってもらえない？　いっしょに、図書館《としょかん》の本《ほん》を元気《げんき》にして、ほんとうのモジモジアリの仕事《しごと》をしたら、死《し》んだお母《かあ》さんだって、よろこぶんじゃない？」

「アンティ、いいぞ！　ぼくも、さんせい！　ね、モジモジばあ？」

アントンはモジモジばあの、アンティは毛《け》むくじゃらの手《て》をとって、ふたりの手《て》をにぎらせました。

「そりゃあ、あたしだっておまえさんみたいにおおきなアリの力《ちから》をかりられるなら、きっとずいぶん楽《らく》だろうさ……」

モジモジばあが、顔《かお》をしわくちゃにしていいました。

「オラなんかでいいズラか？」

毛《け》むくじゃらも、てれくさそうにいいました。モジモジばあといると、まるで子《こ》どものようにすなおです。

「ほんとうかい？　あたしゃ、うれしいよ」

モジモジばあが、毛《け》むくじゃらの目《め》をしっかりみつめていいました。

毛《け》むくじゃらは、おおきくうなずくと、こんどは大声《おおごえ》で、おーん、おーんとなきだしてしまいました。

「これからは、心《こころ》をいれかえて、おっかぁのすきだった本《ほん》のために、モジモジばあを助《たす》けるズラ」

「よくいった！　おまえさんは、えらい！　たとえ最近《さいきん》の子《こ》どもの本《ほん》のあつかいがひどくても、あきらめめちゃダメさ。いつか本《ほん》のありがたみに、気《き》がつくときがくるにちがいない。つかれた本《ほん》を助《たす》けるために、力《ちから》をあわせようじゃないか！　おまえさんは、いまからあたしの相棒《あいぼう》だよ。名前《なまえ》はなんていうんだい？」

「それが、おっかぁは、いつもぼうやってよんでたから……」

「ハーン、よし！　じゃあ、きょうからおまえさんは、ドーンだよ」

「ドーン？」

「そうさ、夜明《よあ》けって意味《いみ》だよ」

「わぁー！　ステキな名前《なまえ》！　モジモジばあ、センスあるー！」

「バンザーイ!!」と、その場《ば》にいた、みんなが手《て》をたたきました。

図書館《としょかん》の窓《まど》の外《そと》は、むらさき色《いろ》から、明《あか》るいオレンジ色《いろ》にかわって、山《やま》やまに光《ひかり》の帯《おび》がさしてきました。

「さ、もうじき朝《あさ》がやってくる！　はやいとこタイトルを本《ほん》にもどさなくちゃ！」

「おばあ、オラがやってやるよ」

「え？　あんた、タイトルを本《ほん》にもどすおまじないをしってるのかい？」

「もちろん！　おばあのやり方《かた》もみてたし、おまじないもきいていたから、ぜんぶ、おぼえちまったズラ！」

ドーンは、『みどりのゆび』の文字《もじ》をかかえて棚《たな》に走《はし》っていきました。


モジモジトントン、ニコトントン♪

ニコニコトントン♪モジトントン♪

ホカホカニコニコモジトントン♪

モジドントン ニコドントン
ニコニコトントン モジドントン
ホカホカ ニコニコ モジドントン

「やっぱり、この図書館《としょかん》にすんでるだけあって、本《ほん》の場所《ばしょ》がわかってるんだね！」っと、アントン。

そのときついに、図書館《としょかん》の床《ゆか》に金色《きんいろ》のお日《ひ》さまの日《ひ》ざしが、さしこみました。

あっという間《ま》に、洗濯《せんたく》したタイトル文字《もじ》を本《ほん》の背《せ》にもどして、ドーンがもどってきました。

「おばあ、あれでいいズラか？」

「ああ、きれいだよ！　ドーン、すごいじゃないか。ありがとうよ」

モジモジばあが、ドーンの頭《あたま》をなでて両手《りょうて》をしっかりにぎりしめました。

ドーンは、ちょっと目《め》をうるませて、触角《しょっかく》をゆらしました。

「ドーン、おまえさんがいてくれたら、いままでよりずっとたくさんの本《ほん》を助《たす》けることができるだろうよ」

ドーンも、モジモジばあのてつだいができることを、ほこらしく思《おも》いました。

図書館《としょかん》のまえには、開館《かいかん》を待《ま》つ人《ひと》のすがたがみえています。

みどりのゆび

おすすめ本

「さあ、ドーン。そろそろ図書館《としょかん》の開館時間《かいかんじかん》だよ。まずは、あたしの家《いえ》に帰《かえ》って、朝《あさ》ごはんを食《た》べよう。なんだか、あたしもドーンといっしょなら、もっともっと、がんばれる気《き》がしてきたよ。愛《あい》する本《ほん》たちのためにね」

それからモジモジばあは、アントンとアンティのほうをむきました。

「ふたりとも、ありがとうよ。みんなふたりのおかげだね。アントンもアンティも、たまには本《ほん》を読《よ》みなよ。あたしたちはちっぽけで短《みじか》い一生《いっしょう》だけど、本《ほん》のなかには、しらない世界《せかい》がいっぱいさ！　ほかの世界《せかい》をしることは、アリにだって、だいじだよ！」

「モジモジばあ、ぼくら、なんかものすごい冒険《ぼうけん》をした気分《きぶん》です。さいごが、こんなステキなハッピーエンドになって、ほんとうにうれしいです　ドーン、モジモジばあを、よろしくお願《ねが》いします！」

ドーンも、おおきくうなずきました。

「あたしも、なんだか本《ほん》がとっても読《よ》みたくなってきた。モジモジばあ、またおてつだいにきます！」っと、アンティ。

　モジモジばあは、ドーンに肩《かた》ぐるまされながら、家《いえ》につづく手《て》すりをすべりおりていきました。

「ねぇ、アントン。あたしも、モジモジばあの弟子《でし》になりたいなぁ」

「うん、ぼくも。だけどぼくらにはこんなに、いいなかまがいるし、ときどき図書館《としょかん》にてつだいにこようよ！」

　ふたりは、なかまのはたらきアリと、あまくかおるメープルカエデの木《き》の下《した》の家《いえ》にかえっていきました。

＊　＊　＊

それから、数《すう》か月《げつ》がすぎたころ、アントンとアンティは、その日《ひ》も食《た》べものあつめに、図書館《としょかん》のまえを列《れつ》をつくって歩《ある》いていました。

「ねえ、アントン！　ちょっと図書館《としょかん》のようすをみてみましょうよ！」

ふたりはうまいこと、列《れつ》からはずれて図書館《としょかん》の窓《まど》ガラスまでかけのぼると、ガラスごしに、カウンターテーブルのフチをのぞきました。

「あ！　いたいた！　みて、モジモジばあのおしりと、ドーンの体《からだ》がみえるわ！」

そのとき、ドアがあいて本《ほん》をかかえた母親《ははおや》たちがでてきました。

「このごろうちの子《こ》、なんだか本《ほん》を読《よ》むのがたのしいっていうようになったのよ」

「まあ！　おたくも！　うちの子《こ》もいまじゃ、児童文学《じどうぶんがく》に夢中《むちゅう》になってるのよ」

「本《ほん》を読《よ》むまえに手《て》をあらって、やさしく読《よ》んであげるんだなんていうのよ！」

母親《ははおや》たちは、わらいながら帰《かえ》っていきました。

「よかった、よかった！　さ、はやく列《れつ》にもどろう！」

モジモジばあとドーンのおかげで、図書館《としょかん》のつかれた本《ほん》は、どんどん元気《げんき》をとりもどしていたのです。
「はやく、図書館《としょかん》にてつだいにいきたいわ！　花粉《かふん》のムースも食《た》べたいし！」
「ははは、アンティの心《こころ》は、いつもあまいものだらけ！」
「まぁ！　ものがたりでいっぱい、
といってほしいわ！」
　モジモジばあたちに会《あ》える日《ひ》を
たのしみに、ふたりは元気《げんき》に
あるいていきました。

作者　仁科幸子（にしな さちこ）

山梨県生まれ。子ども時代を東北の雪国で育つ。多摩美術大学卒業後、日本デザインセンターにて世界的グラフィックデザイナー永井一正氏の下勤務後独立。メキシコ国際ポスタービエンナーレ展、スイスグラフィスポスター展、ADC 賞ほか入賞入選多数。『星ねこさんのおはなし〜ちいさなともだち』（ひろすけ童話賞）、『きらわれもののこがらしぼうや』（全国感想画コンクール課題図書）、絵本『ポンテとペッキとおおきなプリン』『そよそよさん』『よるがきらいなふくろう』『しろいねずみとくろいねずみシリーズ』『MOON 森のたからもの』、絵童話に『ハリネズミとちいさなおとなりさんシリーズ』『クモばんばとぎんのくつした』『おなかをすかせたドラゴンとためいきゼリー』他多数。元大月市立図書館館長。

モジモジばあは、本のおいしゃさん

2024 年 3 月　初版第 1 刷発行

作　者　仁科幸子
発行者　水谷泰三
発　行　株式会社 **文溪堂**
〒 112-8635 東京都文京区大塚 3-16-12
TEL:03-5976-1515（営業）　03-5976-1511（編集）
ぶんけいホームページ　https://www.bunkei.co.jp

印刷・製本　図書印刷株式会社
ブックデザイン　田中彩里

 Printed in Japan ISBN978-4-7999-0535-7 NDC913 63p 216 × 151mm